A confissão de Santo Agostinho

Em memória de meu mestre Guy Lardreau

(1947-2008)

A confissão de Santo Agostinho

Adaptado das *Confissões* de Santo Agostinho por
Jean Paul Mongin

Ilustrado por
Marion Jeannerot

Tradução

André Telles

martins fontes
selo martins

És imenso, Senhor! Nenhum elogio é digno de ti. Ouso nomear-te, porém, pois tu, que me criaste, me criaste para ti, e meu coração não encontra repouso fora de ti.

Ó Deus, meu Senhor, és dulcíssimo e justíssimo, todo-poderoso, oculto e onipresente. Não és moço nem velho. És sempre o mesmo e renovas todas as coisas. O que dizer, meu santo deleite, quando falo de ti?

Eu, Agostinho, não passo de um minúsculo fragmento de tua criação. Mas vieste me buscar, Senhor, quando nada te falta! Não te sentes apertado dentro de meu coração de homem? Encerram-te o céu e a terra, os quais criaste?

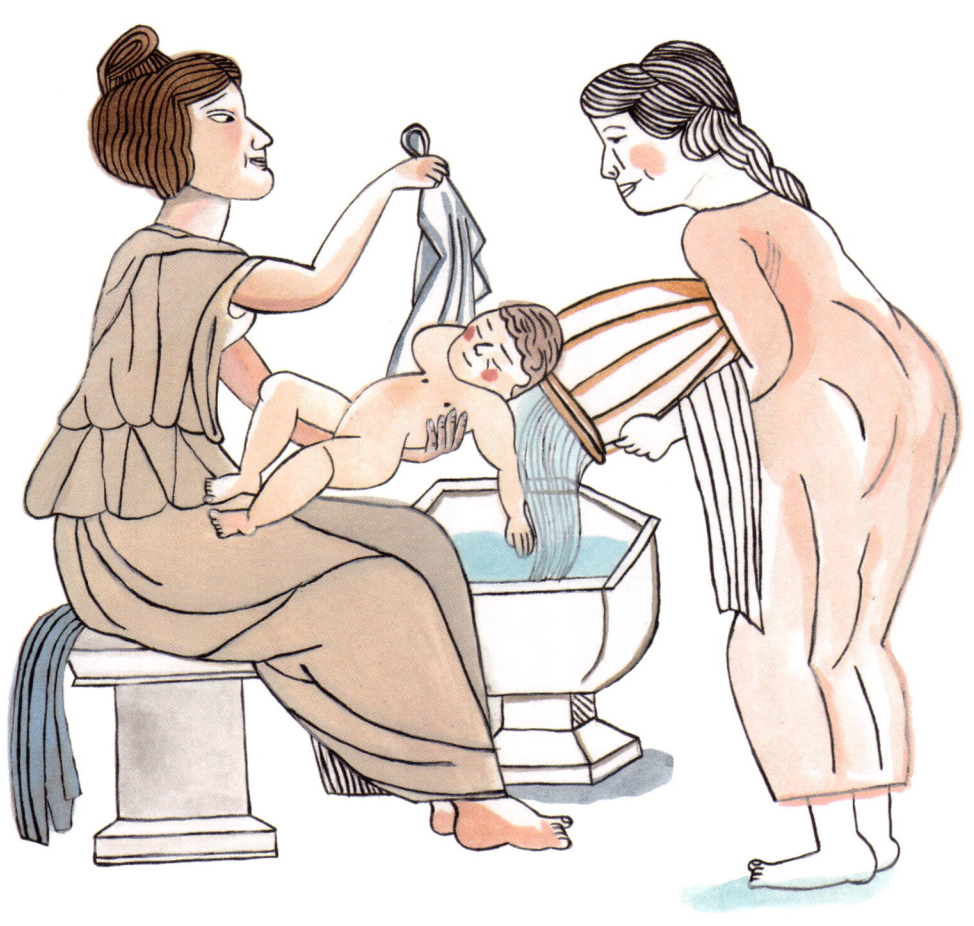

Desde o ventre de minha mãe, cuidaste de mim.
Quando eu era bebê, eras toda a minha vida e eu não sabia: só sabia mamar, saborear a paz do prazer, chorar, e nada mais.

Mas a cólera e a inveja já me afastavam de ti.

Pronunciei minhas primeiras palavras na casa de meu pai, em Tagasto, na África, junto às minhas amas de leite. Lembro-me de nossas brincadeiras e de suas carícias fiéis. Enviaram-me à escola para aprender a ler, mas eu era preguiçoso: preferia jogar pela[1], e muitas vezes meu mestre me batia.

Em segredo, Senhor, podias me ouvir e proteger. Ainda criança, comecei então a orar. Pedia-te, com grande fervor, para não ser mais espancado na escola. Quando, para meu bem, não atendias às minhas preces, meus pais divertiam-se com meu pavor. Como sofrer sem medo, meu Deus, senão por amor a ti?

1. Jogo semelhante ao tênis, praticado com raquetes e uma bola de borracha.

Às vezes eu roubava comida para convencer meus colegas a brincarem comigo. Não hesitava em trapacear e, flagrado, me zangava. As crianças não são nada ingênuas!

Mas desde essa época eu vivia plenamente, amava a verdade e fugia da vergonha, da dor e da ignorância. Admirável maravilha! Tudo era bom, e tudo estava em mim, pois tu que me criaste, meu Deus, és a própria bondade. Meu erro estava em procurar a alegria em tuas criaturas em vez de procurá-la em ti.

Adolescente, eu ardia de tentações terríveis. Meu olhar agarrava-se nos espinhos de desejos impuros, e não havia ninguém para arrancá-los. Nos banhos, meu pai percebeu sinais de minha puberdade e, cheio de si, foi contar à minha mãe, que me recomendou paciência e pudor. Eu não via nisso senão conselhos de mulher, ao passo que eras tu que me falavas pela boca dela.

Tua lei, Senhor, gravada no coração dos homens, condena o roubo. Nem mesmo o ladrão quer ser roubado! Pois roubei sem necessidade, indiferente à justiça. Roubei o que possuía em abundância, pelo prazer de roubar, de me envolver com almas cúmplices.

Nas proximidades de nossos vinhedos crescia uma pereira carregada de frutas. No meio da noite, com um bando de desordeiros, fomos balançar e depenar a árvore, mas não para nos regalarmos com suas frutas, e sim para atirá-las aos porcos.

Nesse ato infame, eu era atraído pela própria infâmia. Sei, meu Deus, que me perdoaste por essa abominação! Fizeste meu pecado derreter como neve e também me preservaste de todo o mal que não fiz. Sem ti, o que eu não teria sido capaz de perpetrar, eu que apreciava o crime pelo crime?

Mais tarde fui estudar em Cartago. O caldeirão dos desejos impuros fervilhava à minha volta. Eu amava amar, sem conhecer o verdadeiro amor. Privado de ti, meu coração sentia fome, ó meu Deus! Sem destino, coberta de chagas, minha alma se lançava para fora de si mesma, ávida de carícias.

Conheci o amor humano: as malhas do gozo e da angústia, o chicote em brasa da inveja, as intrigas e as suspeitas.

Apaixonei-me pelo teatro, que representava minhas próprias misérias. O espectador se compadece diante das aventuras lamentáveis e trágicas dos personagens, pois os homens são solidários entre si. Quanto mais a interpretação do ator me fazia chorar infortúnios imaginários, mais a peça me agradava. Fascinavam-me os amores adúlteros, e, quando os amantes se separavam, eu me entristecia também. Assim como coçamos uma ferida até sangrar, eu atormentava minha alma doente com essas imagens. Era essa minha vida. Isso era vida, ó meu Deus?

Meu pai morreu quando eu tinha dezesseis anos. Continuei os estudos, supostamente honrados, que me levariam à profissão de retórico, fazedor de discursos, na qual quanto mais mentimos, mais agradamos.

Dois anos se passaram: descobri um livro de Cícero, *Hortensius*, que despertava o amor pela sabedoria, que os gregos chamavam de Filosofia. Essa leitura mudou minhas esperanças e meus desejos, Senhor, mudou minhas preces.

Tudo o que eu desejava antes perdeu o valor aos meus olhos. Passei a aspirar apenas à imortal sabedoria. Como eu ardia, meu Deus! Como ardia de voar rumo a ti! E eu nem sequer sabia que havias tocado a minha alma.

Nessa época, conheci os amigos do falso profeta Maniqueu, tagarelas pedantes afeitos a magníficos delírios. Diziam-se discípulos de Jesus Cristo, nosso Salvador, mas suas palavras não passavam de uma armadilha diabólica. O coração deles estava vazio de verdade.

De passagem por Cartago, faziam discursos mirabolantes sobre a Lua, o Sol e os astros. Perguntavam-se se Deus tem cabelos ou unhas, se é correto ter várias mulheres, comer seres humanos, sacrificar animais. Contavam que os figos colhidos na figueira choravam lágrimas de leite e que, se um santo homem os comesse e suspirasse durante suas preces, expeliria anjos misturados a seu bafejo.

Mas tu, meu Deus, vida de minha alma, por quem morro para ser forte, não estavas nessas loucuras! Onde estavas então? Como fui cair no fundo desse abismo?

Hoje, ó Deus, confesso-te meu erro, e tiveste compaixão de mim quando eu ainda não o confessara. Eu procurava-te fora, mas estavas em mim, mais íntimo que minha alma mais profunda, mais elevado que meus pensamentos mais elevados.

Desviado pelos discípulos de Maniqueu, a verdadeira fé parecia morta dentro de mim. Minha mãe, tua serva fiel, chorava mais do que teria chorado sobre meu cadáver. A torrente de suas lágrimas regava a terra onde quer que ela orasse a ti, Senhor.

Em sonho, minha mãe viu-se soluçando sobre uma régua[2] de madeira, enquanto se aproximava dela um rapaz alegre e radiante de luz. Queixou-se de minha vida desregrada, mas ele encorajou-a a não desanimar, fazendo-a ver que, ali onde ela estava, eu também estava. Voltando a cabeça, ela me viu ao seu lado, de pé sobre a mesma régua.

2. Em latim, língua em que Santo Agostinho escreveu as *Confissões*, a palavra *regula* significa tanto "régua" quanto "regra".

Sequioso de conhecer o futuro, consultei astrólogos, mas, por sorte, um médico sapientíssimo me fez abandonar essas tolices. Se algumas predições dão certo, explicou ele, é uma questão de sorte: de tanto falar, termina-se por dizer alguma coisa que vem a acontecer. Da mesma forma, folheando o livro de um poeta, às vezes encontramos um verso que coincide perfeitamente com nossos pensamentos.

Durante sua juventude, esse mesmo médico demonstrara curiosidade pela astrologia. Um dia, fez um filho em sua mulher, e sua serva viu-se grávida também. Observando a configuração do céu, calculou o dia, a hora e o minuto do parto, e elas pariram ao mesmo tempo, de maneira que seu filho e seu escravo tiveram o mesmo horóscopo. Apesar disso, o filho levava uma vida suntuosa, ao passo que o escravo se curvava ao jugo da servidão. Após ter ouvido esse relato, parei de acreditar que nossa vida está escrita nos astros.

Concluídos os estudos, voltei a Tagasto, minha cidade natal, para igualmente ensinar a arte de bem falar. Vencido pelas paixões, eu vendia a arte de vencer contando mentiras a vaidosos; justo eu, deles semelhante e irmão.

Eu tinha um amigo muito querido. Crianças, tínhamos frequentado a mesma escola e brincado juntos. Éramos tão próximos que nossa alma formava uma só alma em dois corpos. Eu conseguira desviá-lo da verdadeira fé para arrastá-lo para as superstições de Maniqueu, que tanto sofrimento causavam à minha mãe. Mas tu, Senhor, Deus da vingança e da misericórdia, conduze-nos a ti por sendas admiráveis!

Meu amigo caiu doente. Devorado pela febre, jazia desmaiado num suor mortal. Como perdíamos as esperanças de salvá-lo, sua família batizou-o à sua revelia. Ele melhorou. Tão logo se viu em condições de falar, pus-me a escarnecê-lo por aquele batismo recebido sem conhecimento. Mas ele me olhou horrorizado, exigindo que, se eu quisesse continuar seu amigo, parasse com aquela conversa. Alguns dias depois, a febre voltou e o chamaste junto a ti.

A dor por sua perda encobriu meu coração de trevas. Tudo o que eu via estava simplesmente morto. Aonde quer que eu fosse, meus olhos o procuravam. Amputado de minha própria metade, eu não queria mais viver. Só me restava chorar.

Posso, Senhor, aproximar de tua boca o ouvido do meu coração? Irás ensinar-me por que as lágrimas são doces para os infelizes?

Saí então de Tagasto e refugiei-me em Cartago. Consolei-me com outras pessoas, persistindo nas mentiras de Maniqueu, que corrompiam nossa alma. Eu me apegava às criaturas, e não a ti. Amava a beleza dos corpos por si mesma, e não por ti, meu Deus, único autor de tantas maravilhas. Dizia a meus amigos: "O que amamos que não seja belo? O que é a beleza? O que nos prende aos objetos que amamos?". Eu tinha 26 ou 27 anos. Perdido num mundo imaginário, escrevia livros repletos de imagens delirantes. Zombando de teus filhos, ladrava contra os cristãos.

Como os discípulos de Maniqueu, eu acreditava que o mal era uma massa descomunal, informe e horrível, pesada como a terra ou leve como um ar pestilento. Julgava-te, meu Deus, como um corpo luminoso e ainda mais imenso, e eu mesmo como um fragmento desse corpo. Ó inacreditável perversidade! Havia pior orgulho, mais assombrosa loucura, do que afirmar partilhar tua divina natureza? De que me serviam minha ciência, todas as obras obscuras que eu lera, para me perder assim em feios, vexaminosos e sacrílegos pensamentos?

Meus alunos de Cartago mostravam-se insolentes e dispersos. Havia ocasiões em que se divertiam em roubar tudo da casa de seus professores. Incentivavam-me a viajar para ensinar a arte retórica em Roma, a fim de ser mais respeitado e bem remunerado. Além do mais, a juventude romana era mais estudiosa. Deixei então a África.

Minha partida devastou o coração de minha mãe. Ela me acompanhou até o porto, agarrando-se a mim para me impedir de partir. Convenci-a a passar a noite numa capela e, enquanto ela rezava e chorava, parti secretamente. De manhã o vento inflou as velas, afastando meu barco da praia onde minha mãe, louca de dor, enchia teus ouvidos, meu Deus, de lamentos.

Em Roma, a juventude era menos agitada do que em Cartago, mas os alunos preferiam o dinheiro à ciência. Saíam quase sempre sem pagar pelas aulas. Entre eles, no entanto, eu tinha alguns fiéis, por exemplo, Alípio.

Alípio já assistia às minhas aulas em Tagasto, depois em Cartago, e me estimava, pois eu lhe parecia sábio e generoso. Chegara antes de mim a Roma a fim de estudar Direito. Honesto, seu coração puro tinha sido corrompido por uma irresistível paixão pelas lutas de gladiadores.

Esbarrando um dia com colegas que voltavam de um banquete, Alípio aceitara acompanhá-los aos jogos do circo. A princípio, protestara: "Vocês podem até me arrastar para lá, mas não poderão me obrigar a assistir a esses espetáculos bárbaros e cativar-me com eles".

No Coliseu, instalaram-se onde puderam. A multidão tremia de excitação diante da visão do sangue e das paixões selvagens. Alípio mantinha os olhos fechados, proibindo sua alma de contemplar aquelas atrocidades. Mas eis que um grande clamor emergiu da arena. Cedendo à curiosidade, Alípio abriu os olhos: sua alma sentiu-se então mais profundamente ferida que o corpo do gladiador que acabava de tombar. Alípio não conseguia despregar os olhos do sangue derramado, saboreando a luta feroz, embriagando-se com a carnificina. Gritava e aplaudia, e deixou o espetáculo dessas lutas criminosas com a irresistível vontade de retornar.

Ó Deus, desde sempre havias escolhido Alípio entre todas as crianças para abraçar o sacerdócio e celebrar teus mistérios. Para tua glória, tornaste-me o instrumento involuntário de sua cura.

Certo dia, quando eu ensinava no lugar de sempre, diante de meus alunos, Alípio chegou, cumprimentou-me e ocupou um assento. O texto estudado prestava-se a uma comparação com os jogos do circo. Como quem não quer nada, zombei duramente dos escravos daquela loucura. Na hora, não estava pensando em Alípio, mas ele achou que minhas frases aludiam intencionalmente à sua pessoa.

Em vez de me querer mal por isso, Alípio censurou-se por seu desvario. Senhor, fizeste de minha língua um carvão em brasa para queimar a alma dele e curá-lo de seu mal. Alípio livrou-se da sujeira na qual um prazer insidioso o precipitara. Tomou a firme resolução de nunca mais voltar ao circo e afeiçoou-se ainda mais a mim.

Alípio me acompanhou quando parti para Milão: o prefeito, que gostara de um de meus discursos, convidara-me por conta da cidade, mas foste tu, Senhor, que me conduziste por tuas sendas. Lá, fui apresentado a teu piedoso servo, o bispo Ambrósio, cuja grande alma era conhecida no mundo inteiro. Ele foi benevolente comigo. Eu escutava assiduamente seus ensinamentos, pois ele se exprimia de modo notável. Ambrósio esclarecia todas as passagens da Bíblia que me pareciam obscuras. Proclamava a verdade que eu ainda não conseguia ouvir. Aos poucos, fui me separando dos discípulos de Maniqueu, mas continuava distante da salvação.

Minha mãe, que me acompanhava por terras e mares, revolveu juntar-se a mim em Milão. Durante a travessia, seu navio deparou com uma tempestade. Longe de se assustar, uma vez que lhe prometeste que voltaria a me ver, ela insuflava coragem aos marujos.

Anunciei-lhe que não era mais discípulo de Maniqueu. Ela não se perturbou, dizendo-me calmamente, com o coração confiante em tua promessa, que antes de deixar esta vida teria um bom filho católico. Em Milão, ela não saía da igreja, fascinada com as palavras de Ambrósio, que ela amava como a um de teus anjos, Senhor. Ambrósio congratulava-me por ter uma mãe tão santa. Sabia ele o quanto eu duvidava de tudo? Meu consolo era partilhar meus desvarios e minha dor com Alípio.

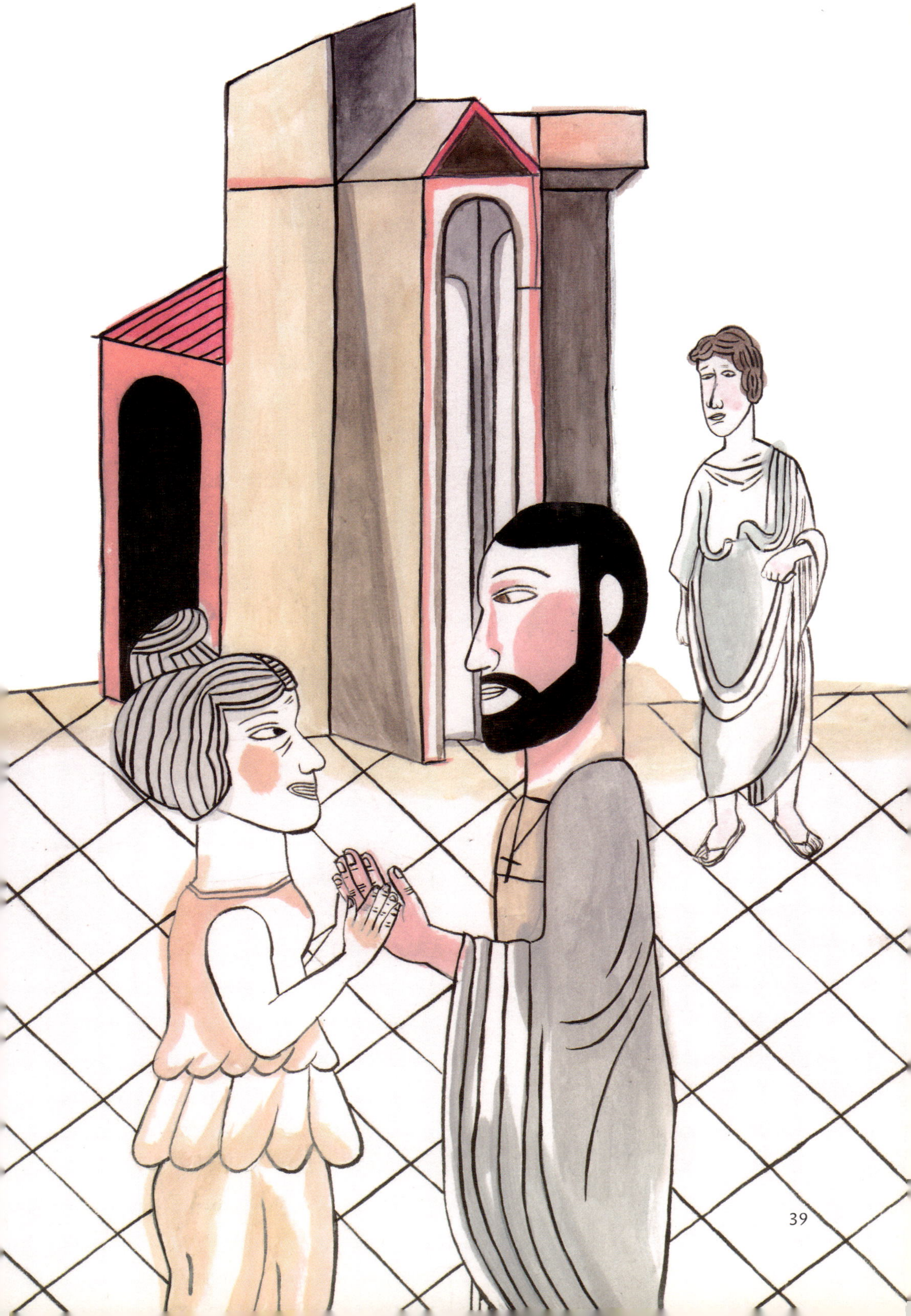

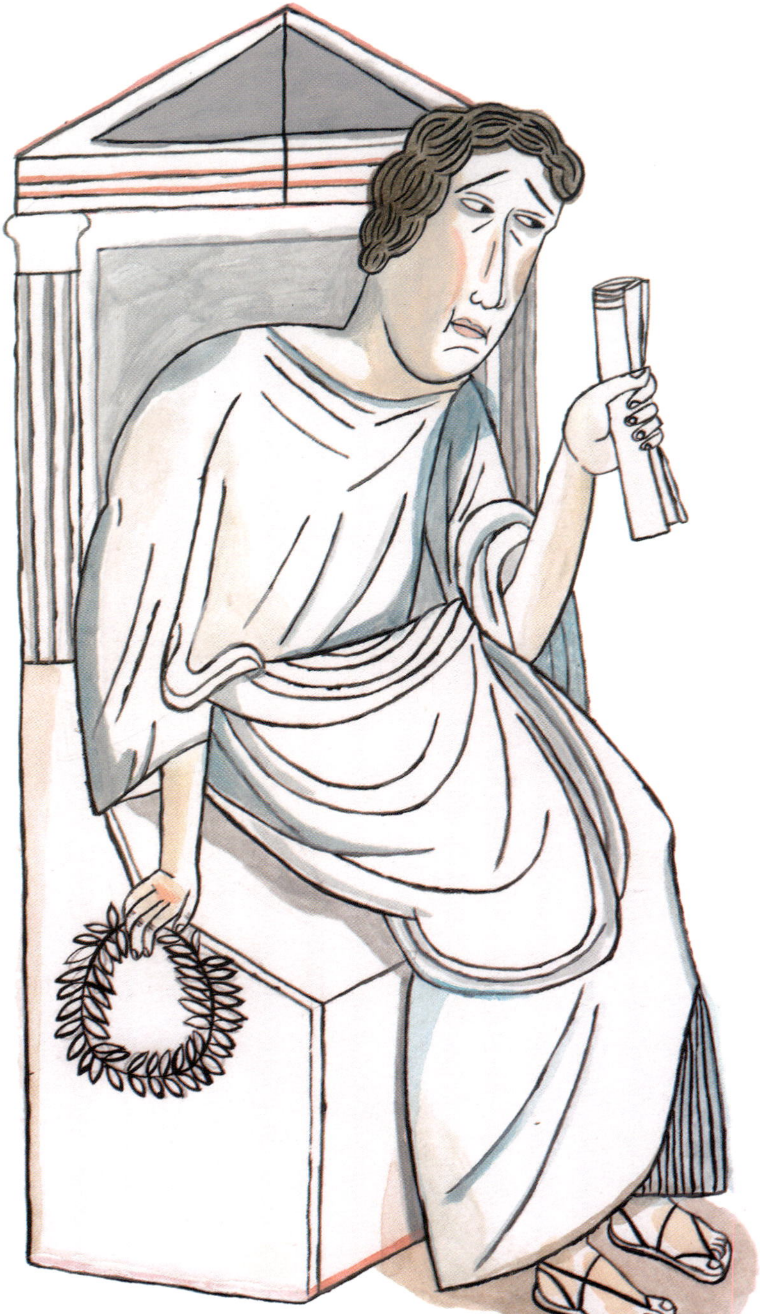

Foste tu, Senhor, que me inspiraste estas lembranças e esta confissão. Não escapava a teu olhar minha corrida atrás de honrarias e riqueza, e como era devorado pela angústia.

Um dia em que ia declamar um discurso hipócrita em homenagem ao imperador, cruzei com um mendigo, já bêbado e alegre. Eu também buscava a alegria. Mas a felicidade que eu perseguia não era ainda mais falsa do que a dele? Minha alegria vinha das honrarias. Aquele mendigo encontrava a sua no vinho. Quando anoitecesse, ele curtiria sua bebedeira, e eu deitaria com a minha vaidade, e depois me levantaria com ela, e assim por diante, quantos dias ainda, ó meu Deus!

Escravo da carne, eu não abria mão das carícias de uma mulher. Não era muito sensível à beleza da vida conjugal, à educação dos filhos, mas me era impossível ir sozinho para a cama.

Para agradar minha mãe, que queria um bom casamento para mim, conheci uma moça amável e fiz o pedido. Prometeram-me sua mão. No entanto, eu teria de aguardar dois anos até que ela chegasse à idade de se casar.

Para me preparar para o casamento, separei-me da mulher que era minha companheira havia anos. Ela voltou para a África, deixando comigo o filho que me dera e me prometendo nunca mais voltar a se relacionar com homem nenhum. Meu coração sentiu-se ferido e dilacerado. Cansado de esperar minha noiva, arranjei outra mulher, a fim de saciar minha alma doente.

Alípio olhava aquilo tudo com um olhar atravessado, persuadido de que no dia em que nos envolvêssemos com uma mulher, não teríamos mais tempo de procurar a sabedoria. Ele mesmo tivera algumas aventuras anteriormente; mais tarde, redimiu-se, com remorso e desprezo.

À procura da verdade, Senhor, deparei com tua luz imutável no recôndito da minha alma. Essa luz não brilhava como uma luz natural, oferecida aos olhos; era a luz que me havia criado. Quem conhece a verdade vê essa luz; quem vê essa luz contempla a eternidade.

Ó Deus, Verdade eterna! Dia e noite, eu suspirava por ti. Deslumbravas minha vista fraca, e eu estremecia de amor e receio. Sob essa luz, vi que havias criado todas as coisas, e que todas são boas. Não fizeste as coisas iguais: mas cada uma delas é boa e, no conjunto, são muito boas. Porque algumas coisas parecem não se encaixar, são julgadas más, porém se encaixam perfeitamente nesta terra, com seu céu cheio de nuvens e de vento. O único mal, Senhor, está em desviar-se de ti.

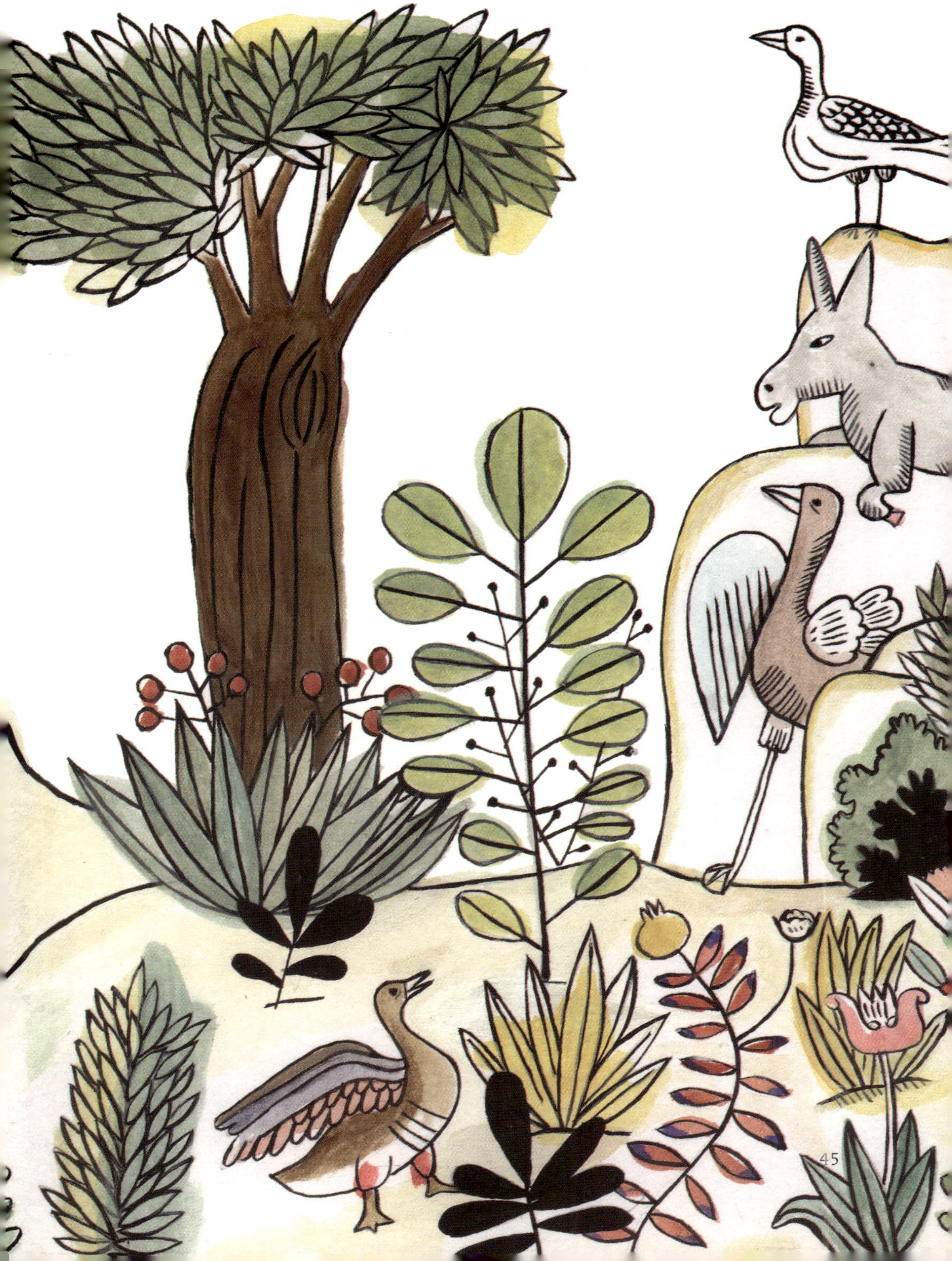

Eu considerava Jesus Cristo, teu Filho e meu Senhor, um homem excelente, um homem de incomparável sabedoria. Ainda não era capaz de compreender que ele era a Verdade em pessoa, tua Palavra em forma de carne, meu Deus. Querendo passar por sábio, em vez de chorar minha fraqueza, eu tagarelava e me gabava de minha ciência.

Entretanto, logo vim a ler as cartas de São Paulo, ditadas por teu Espírito. Nelas, descobri a fonte da vida e o único caminho rumo à Sabedoria. Estremecendo de alegria, compreendi que Jesus Cristo viera para nos libertar da morte.

Descobri em ti a pérola mais preciosa, que cumpria adquirir ao preço de todos os meus bens. Estava livre da paixão pelas honrarias e a fortuna, mas a queda pelas mulheres ainda me prendia. Cativo das falsas alegrias terrenas, eu era como o preguiçoso que não quer acordar, quando sabe que está na hora. Em teu Filho Jesus Cristo, eu conhecia tua verdade, mas suspirava: "Daqui a pouco! Só um minutinho!".

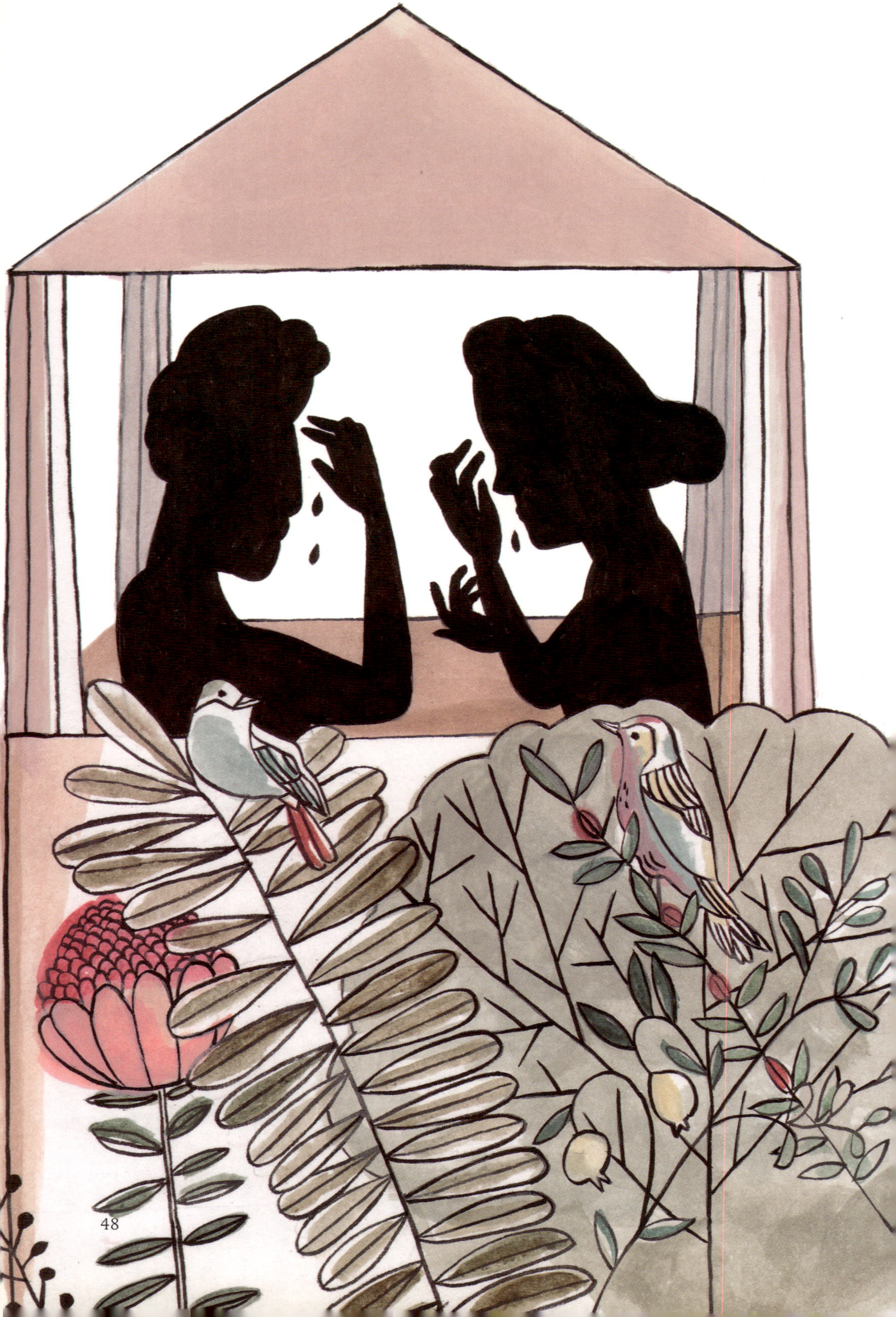

Alípio e eu recebemos então a visita de um certo Ponticiano, que, como nós, vinha de Cartago. Ele viu um livro sobre nossa mesa e o abriu: era São Paulo. Então ele nos contou todas as maravilhas operadas em tua igreja da África, evocando os mosteiros que cobriam os desertos, como um inebriante perfume de virtude divina.

Ponticiano deu-nos como exemplo dois amigos seus, funcionários do imperador, os quais ele encontrara com o coração em brasa nos jardins do palácio. Impressionados com a leitura da vida de Santo Antão, eremita do Egito, exclamavam: "Aonde nos leva o nosso trabalho? Por que servir ao imperador no palácio? Não deveríamos, a partir deste instante, ser amigos de Deus?".

Choravam copiosamente: "Abandonemos nossas vãs esperanças! Coloquemo-nos a serviço de Deus, aqui e agora!". Ponticiano congratulara seus amigos, pedindo-lhes que rezassem por sua salvação. E eles ficaram ali, com o coração às portas do céu. Suas noivas, sabendo da notícia, e iluminadas por sua fé, também lhes consagraram sua virgindade.

Mas tu, Senhor, enquanto Ponticiano falava, fazias-me mergulhar dentro de mim e contemplar minha feiura e as máculas da minha alma. Eu já não podia mais me esconder, Senhor! E quanto mais admirava a história daqueles dois moços, mais eu me horrorizava.

Quando Ponticiano partiu, precipitei-me para Alípio: "O que estamos esperando?", gritei. "Os ignorantes amotinam-se e arrombam as portas do céu! Que vergonha não segui-los!". Ele me olhava com estupefação. Carregado pela tempestade de meu coração, retirei-me para o fundo do jardim atrás de nossa casa.

Doze anos haviam decorrido desde que eu lera o *Hortensius* de Cícero e descobrira o amor à sabedoria. Mas eu não abandonara as alegrias mundanas para correr atrás desse verdadeiro bem. E eis-me agora devorado pela vergonha, tendo o coração como palco de uma luta contra mim mesmo.

Alípio juntou-se a mim. Encoscorado, eu arrancava os cabelos, batia na cabeça, mas o que eu mais desejava, ó meu Deus, com uma vontade plena e total, era afogar-me em ti. Queria e não queria: doença de minha alma!

Pressionavas-me, Senhor, no âmago do coração. Eu me dizia: "Vamos, vamos, escolhe Deus, agora!". E não conseguia.

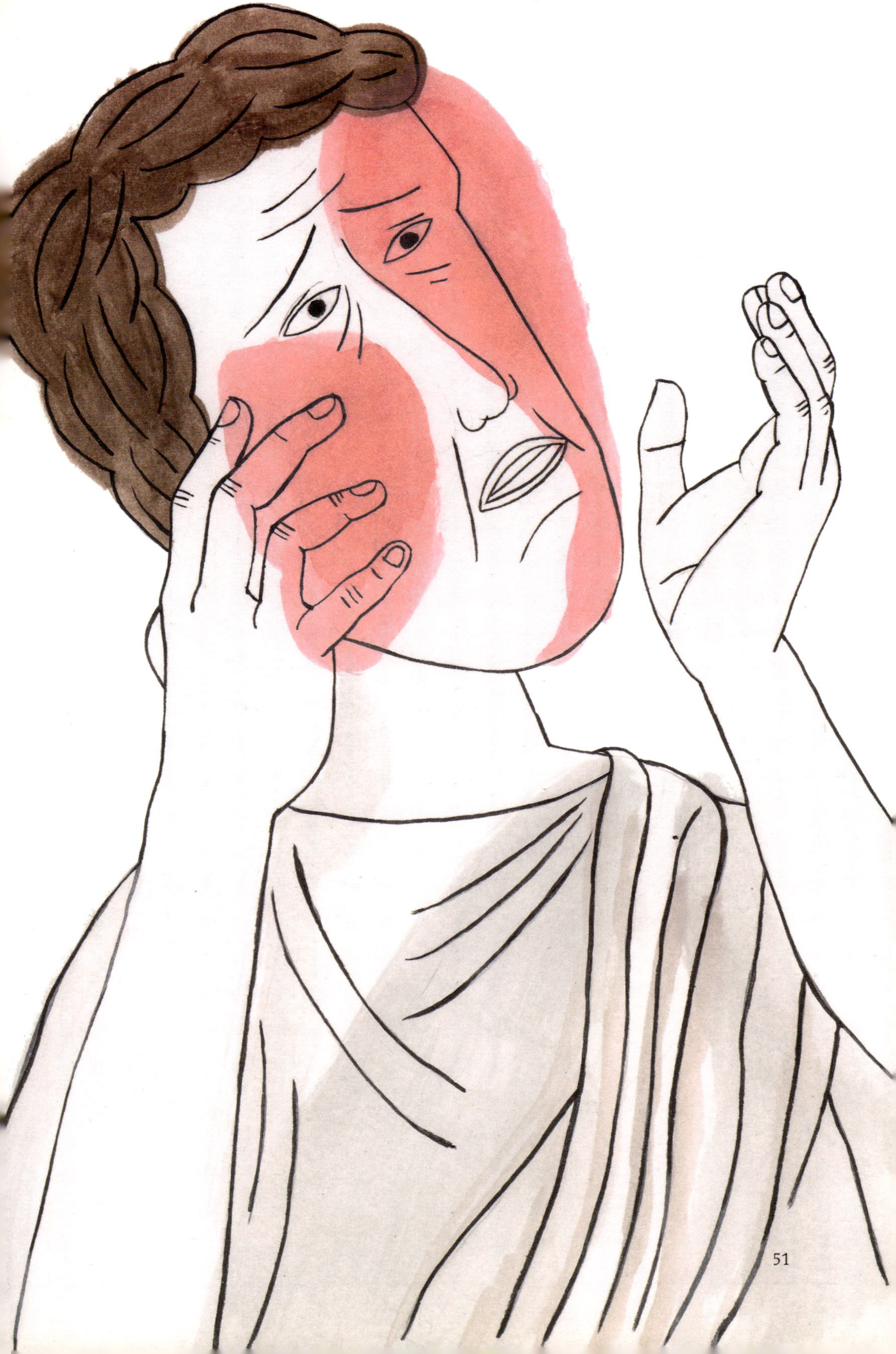

52

Meus maus hábitos, antigas amantes, vaidades das vaidades, agarravam meu manto de carne: "Está nos dispensando? O quê, nunca mais?".

Mas suas vozes já se afastavam, e, na direção para a qual eu voltava o rosto, a Castidade, serena, convidava-me a me aproximar sem medo. Estendia suas piedosas mãos para me abraçar, a exemplo das jovens sereias, veneráveis viúvas e virgens idosas. Comecei a chorar copiosamente. Alípio, pasmo, não compreendia o que acontecia comigo. Deitei-me sob uma figueira, lágrimas sem fim escorriam de meus olhos. Desde então, finalmente passei a dirigir-me a ti, Senhor.

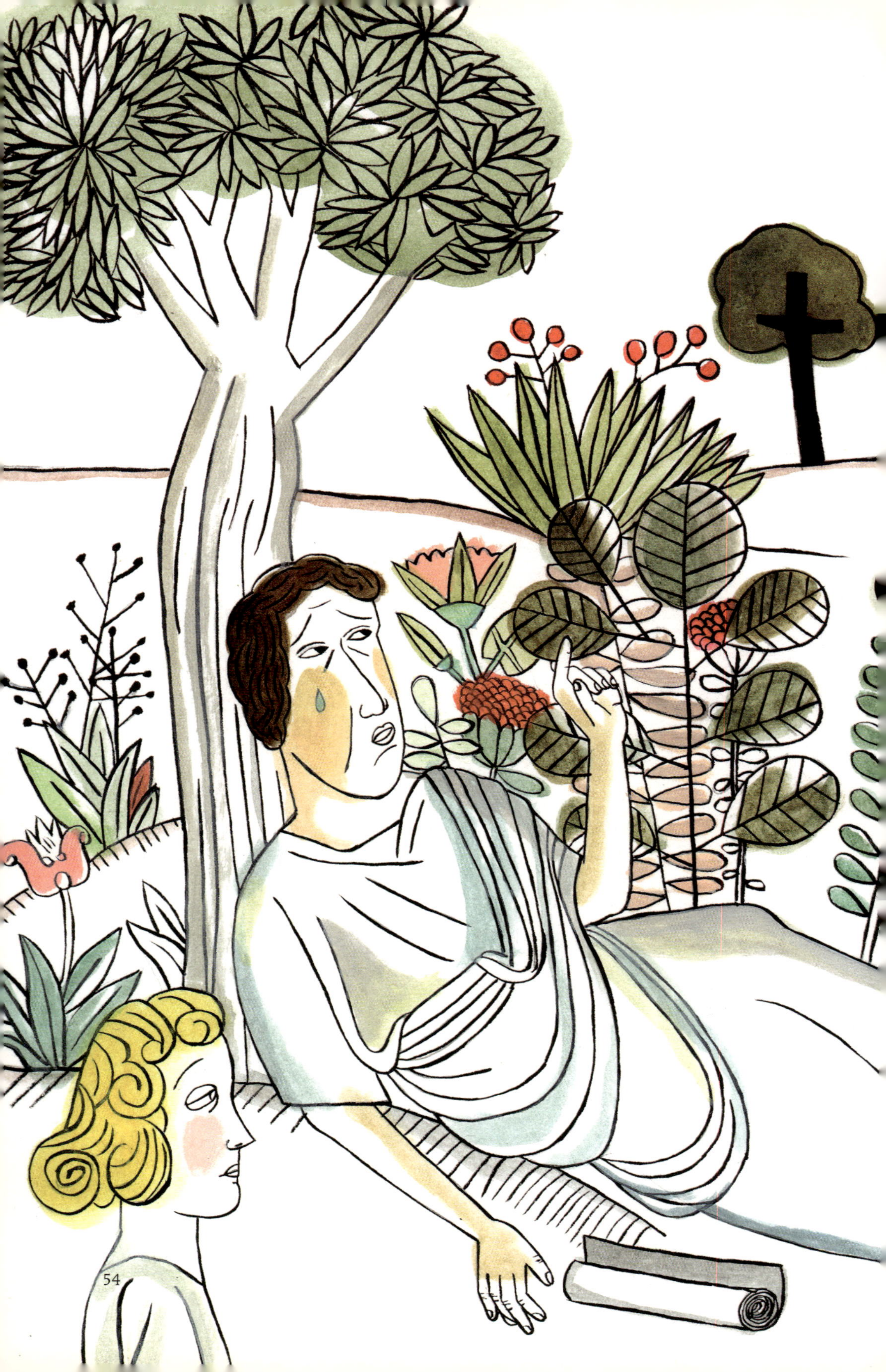

Eis que uma voz de criança ressoou na casa vizinha. Repetia: "Pega e lê! Pega e lê!". Era o refrão de uma brincadeira? Mas eu não conhecia aquela cantiga. Compreendi então que querias que eu lesse as epístolas de São Paulo, que estavam ao meu lado.

Li o primeiro capítulo que apareceu: "Abandone os banquetes e a devassidão, cubra-se com o Senhor Jesus Cristo e não procure a satisfação da carne". Mal percorri essas linhas, uma luz serena espraiou-se no meu coração.

Tardiamente amei tua beleza, tão antiga e tão nova, Senhor. Estavas dentro de mim, mas desgraçadamente eu vivia fora de mim. Era do lado de fora que te procurava. Eu corria atrás da beleza de tuas criaturas, que não passa da sombra da tua. Estavas comigo, mas eu não estava contigo.

Então me chamaste, gritaste e curaste minha surdez. Resplandecente, brilhaste na minha alma e expulsaste as trevas que me cegavam. Inebriado, respirei e suspirei junto a ti. Provei de teu sabor, tive fome e sede de ti. Tocaste-me e inflamei-me com teu repouso.

Eu não procurava mais mulher, não esperava mais nada deste mundo, de pé sobre esta régua da fé onde outrora me havias revelado em sonho à minha mãe! Naquele dia, transformaste sua tristeza numa alegria mais abundante que tudo que ela pudera desejar.

Esperei as férias do período das vindimas e parei de ensinar a arte de bem falar. Alípio convertera-se depois de mim, deambulando agora descalço pelas estradas geladas do país a fim de disciplinar o corpo. Eu e meu filho Deodato recebemos o batismo, e, unidos no Cristo, as inquietudes de nossa vida passada nos abandonaram. Meu Deus, quantas lágrimas não derramei ouvindo teus cânticos e hinos reverberarem!

57

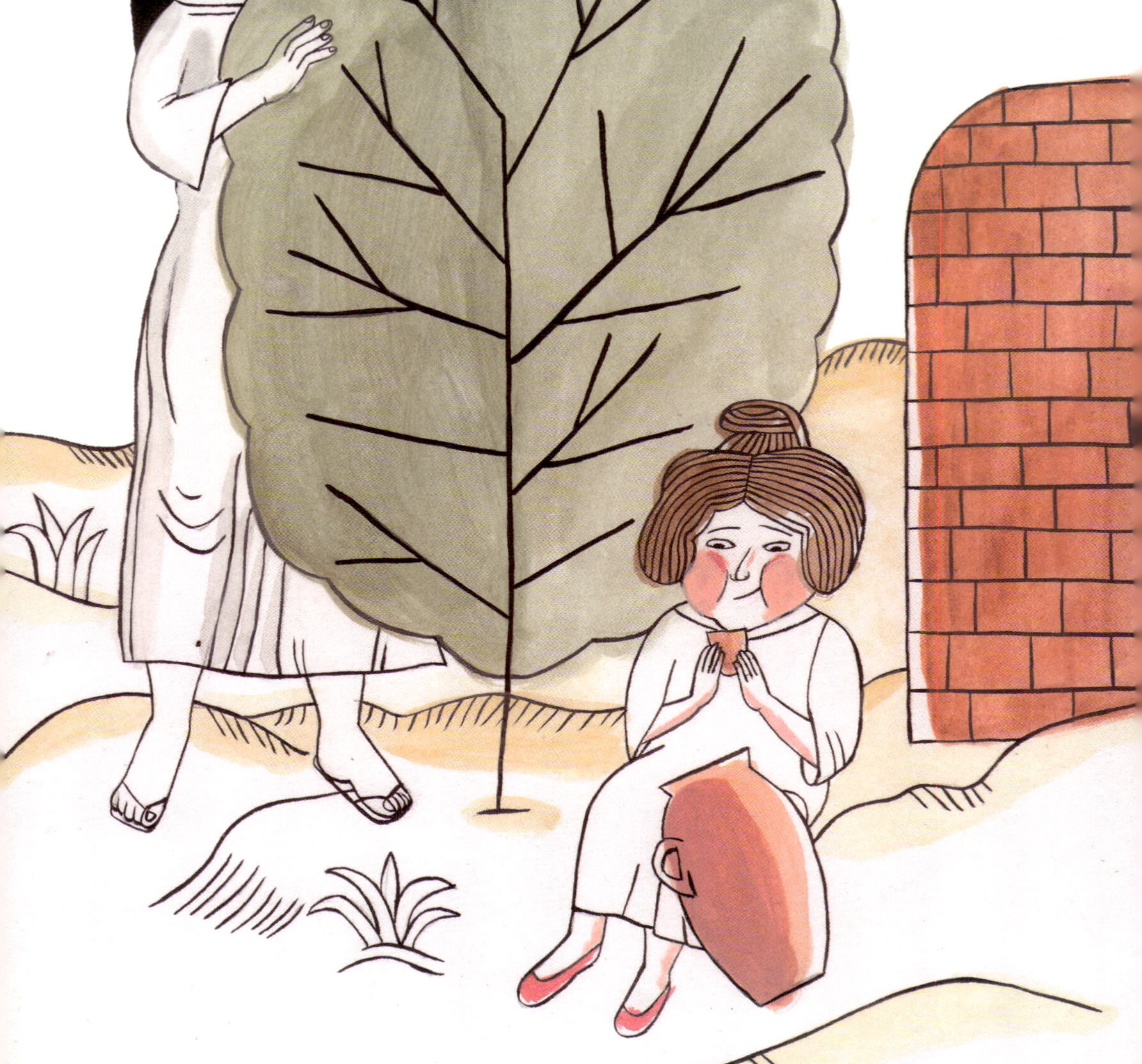

Voltamos a nos instalar na África, a fim de melhor servir-te. A caminho, minha mãe me contou sobre sua juventude. Quando era pequena, de tanto ir encher a garrafa na cisterna, tomara gosto pelo vinho. Isso a repugnava, mas diariamente bebia um trago, por malícia infantil. Um dia, sua serva chamou-a de bêbada, e minha mãe ficou tão sentida que se livrou desse mau hábito. Assim, Senhor, curaste a alma dela com a maldade de outra.

Na idade de se casar, entregaram-na a um esposo que ela serviu como escrava. Usando de sua docilidade e virtude, procurava, Senhor, revelar-te a ele. Tolerava suas infidelidades com paciência. Meu pai, Patrício, era um homem afetuoso, mas irascível. Quando ele se exaltava, ela permanecia calma e retraída. Ele nunca se atreveu a espancá-la, ao passo que muitas mulheres da cidade, que tinham marido de índole mais nervosa, às vezes exibiam marcas de golpes. Meu pai também terminou por se converter.

No porto de Óstia, na foz do Tibre, descansávamos antes da travessia. No parapeito da janela, minha mãe e eu conversávamos sossegados, indagando-nos o que seria a vida eterna dos santos, meu Deus.

Minha mãe disse calmamente: "Filho, nada mais me prende a esta vida. O que me resta fazer? A única coisa que eu desejava neste mundo era ver-te batizado. Deus cumulou-me além de todas as minhas esperanças, uma vez que renunciaste ao prazer para servi-lo. O que ainda faço aqui?".

Pouco depois, foi tomada pela febre e caiu de cama. Alípio, meu filho Deodato e meus outros amigos velávamos à sua cabeceira. Percebendo nossa tristeza, ela declarou: "Deixareis vossa mãe aqui. Não vos preocupeis com o local onde enterrareis meu corpo. Só vos peço uma coisa: lembrar-vos de mim quando orardes no altar do Senhor, onde quer que estejais".

E eu, ó Deus invisível, rendia graças, pois sabia como outrora minha mãe dava importância a ser enterrada junto a meu pai, a fim de misturar seu pó ao de seu esposo. E eu via aquele vão desejo deixar seu coração cumulado por tua bondade.

No nono dia de sua enfermidade, cerrei os olhos daquela que me pôs no mundo. Meu coração sentia uma dor imensa. Após o enterro, vi-me apenas diante de ti, ó Pai dos órfãos. Chorei por minha mãe e por mim, a quem agora faltaria sua ternura. Rendia-te graças por seus méritos e implorava que lhe perdoasse os pecados! Inspira, meu Senhor e meu Deus, aqueles que vierem a ler este livro para que, em teu altar, orem por Mônica, minha mãe e tua serva, e por Patrício, seu esposo aqui na terra, cuja carne me deu vida. Como? Não sei. Que, por meio de minha confissão, meus leitores lembrem-se daqueles que foram meus pais neste mundo e meus irmãos em ti, Deus nosso Pai. Assim realizarás o último desejo de minha mãe.

Então quem és tu, Deus a quem amo? Interroguei a terra, e ela me disse: "Não sou Deus". E tudo o que a terra carrega me respondeu a mesma coisa. Interroguei o mar e seus abismos, os animais que deslizam sob as águas, e eles me responderam: "Não somos Deus: procure acima de nós". Interroguei os ventos e o ar com seus habitantes, e eles me disseram: "Os filósofos erram se acreditam que somos o princípio de todas as coisas".

Interroguei o Sol e a Lua, o céu e as estrelas: "Não somos o Deus que procuras", confidenciaram-me. E todos repetiram: "Foi Ele que nos criou". Assim falam tuas criaturas através de sua beleza.

Voltei-me então para mim mesmo e indaguei: "E tu, quem és?". E respondi: "Sou homem. Meu corpo vive da minha alma, e minha alma vive de Deus. E minha felicidade é regozijar-me em Deus".

© 2012 Martins Editora Livraria Ltda., São Paulo, para a presente edição.
© Les petits Platons, 2010.
Esta obra foi originalmente publicada em francês sob o título *La Confession de Saint Augustin* por Jean Paul Mongin.
Design: *Yohanna Nguyen*

Publisher	*Evandro Mendonça Martins Fontes*
Coordenação editorial	*Vanessa Faleck*
Produção editorial	*Cíntia de Paula*
	Valéria Sorilha
Preparação	*Lara Milani*
Diagramação	*Reverson Reis*
Revisão	*Flávia Merighi Valenciano*
	Silvia Carvalho de Almeida

Dados Internacionais de Catalogação na Publicação (CIP)
(Câmara Brasileira do Livro, SP, Brasil)

Mongin, Jean-Paul
  A confissão de Santo Agostinho / adaptado das Confissões de Santo Agostinho por Jean-Paul Mongin ; ilustrado por Marion Jeannerot ; tradução André Telles. – São Paulo : Martins Fontes – selo Martins, 2012. – (Coleção Pequeno Filósofo).

  Título original: La Confession de Saint Augustin.
  ISBN 978-85-8063-054-1

  1. Agostinho, Santo, Bispo de Hipona, 354-430   2. Filosofia - Literatura infantojuvenil   3. Literatura infantojuvenil I. Jeannerot, Marion. II. Título. III. Série.

12-04669   CDD-028.5

Índices para catálogo sistemático:
  1. Filosofia : Literatura infantojuvenil   028.5
  2. Filosofia : Literatura juvenil   028.5

Todos os direitos desta edição reservados à
Martins Editora Livraria Ltda.
Av. Dr. Arnaldo, 2076
01255-000 São Paulo SP Brasil
Tel.: (11) 3116 0000
info@martinseditora.com.br
www.martinsmartinsfontes.com.br